Amori

Giovan Battista Marino

1 - Cantatrice crudele

O tronchi innamorati,
o sassi che seguite
questa fera canora,
ch'agguaglia i cigni e gli angeli innamora,
ah fuggite, fuggite:
voi prendete da lei sensi animati;
ella in se stessa poi
prende la qualità che toglie a voi,
e sorda e dura, ahi lasso,
diviene ai preghi un tronco, ai pianti un sasso.

2 - Poeta che canta

Qualor sì dolcemente,
caro Selvaggio, a la mia Lidia avanti
rime amorose canti
novo Anfion ti credo e fra me dico:
s'Amor costei non sente
or, che sente quel dolce
cantar che l'aria molce,
pietra non è, che s'ella fusse pietra
senso torria da sì soave cetra.

3 - Chiome sciolte

Mentre ch'al'aureo crine
il vel madonna toglie
e le chiome divine

per maggior pompa al sol tepido scioglie,

Amor le fila accoglie

e d'esse in mille modi

tesse al mio cor le reti, ordisce i nodi,

ch'avolto grida in sì ricco lavoro:

O che bella prigion, tra lacci d'oro.

4 - Errori di bella chioma

O chiome erranti, o chiome

dorate, innanellate,

o come belle, o come

e volate e scherzate:

ben voi scherzando errate

e son dolci gli errori,

ma non errate in allacciando i cori.

5 - Rete d'oro in testa della sua donna

Porta intorno madonna

lacci a lacci aggiungendo ed oro ad oro,

d'aurea prigion l'aurea sua chioma avolta.

Alma libera e sciolta

fra quel doppio tesoro

ove n'andrai, che non sii presa alfine,

s'ella ha rete nel crine e rete è il crine?

6 - Nel medesimo suggetto

Dal zoppo genitore
appreso hai forse l'arte
d'ordir le reti, industre fabro Amore?
Ecco le trecce bionde,
pur dianzi al'aura sparte,
ricca rete gentil lega ed asconde.
Ma se' mastro migliore
(sannol tua madre e Marte)
ed han le reti tue forza maggiore:
quelle stringono il corpo e queste il core.

7 - Lontananza consolata

Vita mia, di te privo,
sai tu com'io son vivo?
Poiché mi manca il vero
ti formo col pensiero
e ti parlo e t'adoro
e mirando l'imagine non moro.

8 - Nel medesimo suggetto

Mentre lunge ti stai
da me, dolce ben mio,
o bel ritratto che di te serb'io!
Questo ognor, se nol sai,
vaneggiando vagheggio,
vagheggiando vaneggio.
Qual la pittura sia, chi sia 'l pittore

forse cercando vai?
L'imagine se' tu, la tela il core,
il pennello lo strale, il fabro Amore.

9 - Nel medesimo suggetto

Or che da te, mio bene,
Amor lunge mi tiene, il pensier vago
spesso innanzi mi pon l'amata imago.
E qual ape ingegnosa,
quindi un giglio talor, quinci una rosa
scegliendo a suo diletto,
rappresentar mi sole
ne le più belle forme il caro oggetto;
e spesso mostra al cor, ch'egro si dole,
la tua beltà nel Ciel, gli occhi nel Sole.

10 - Anfione di marmo

Quel musico tebano,
lo cui soave canto
ale pietre diè vita,
or son di pietra imagine scolpita.
Ma benché pietra, io vivo, io spiro, e 'ntanto
così tacendo io canto.
Or ceda ogni altra il pregio ala tua mano,
fabro illustre e sovrano,
poich'animar la pietra
sa meglio il tuo scarpel che la mia cetra.

11 - Nel medesimo suggetto

Non è di vita privo,
non è di spirto casso
quest'Anfion di sasso,
anzi sì vive e spira
che, se 'l plettro movesse insù la lira,
quand'ei non fusse vivo,
la sua stessa armonia
avivar lo poria.

12 - Donna bella e crudele

Amor, com'esser può che per mia doglia
chiuda un tenero seno anima alpina?
Com'è che si nasconda e si raccoglia
mente infernal sotto beltà divina?
Sì bella guancia con sì cruda voglia
sembra cinta di fior tana ferina;
sì fero core in sì leggiadra spoglia
è qual vipera in rosa o rosa in spina.
Chi crederà che Morte empia si celi
in angelico sguardo? e che 'n un riso
dolce il pianto e 'l dolor si copra e veli?
Potrò ben dir, s'un mansueto viso
esser ministro dee d'opre crudeli
ch'abbia ancor le sue Furie il Paradiso.

13 - Inferno amoroso

Donna, siam rei di morte. Errasti, errai;
di perdon non son degni i nostri errori.
Tu, ch'aventasti in me sì fieri ardori;
io, che le fiamme a sì bel sol furai.
Io, ch'una fera rigida adorai;
tu, che fosti sord'aspe a' miei dolori.
Tu nel'ire ostinata, io negli amori.
Tu pur troppo sdegnasti, io troppo amai.
Or la pena, laggiù nel cieco Averno,
pari al fallo n'aspetta. Arderà poi
chi visse in foco, in vivo foco eterno.
Quivi (s'Amor fia giusto) amboduo noi
al'incendio dannati, avrem l'inferno:
tu nel mio core, ed io negli occhi tuoi.

14 - Beltà crudele

E labra ha di rubino
ed occhi ha di zaffiro
la bella e cruda donna ond'io sospiro.
Ha d'alabastro fino
la man che volge del tuo carro il freno,
di marmo il seno e di diamante il core.
Qual meraviglia, Amore,
s'a' tuoi strali, a' miei pianti ella è sì dura?
Tutta di pietre la formò natura.

15 - Seno

O che dolce sentier tra mamma e mamma
scende in quel bianco sen, ch'Amor allatta!
Vago mio cor, qual timidetta damma,
da' begli occhi cacciato, ivi t'appiatta;
dal'ardor, che ti strugge a dramma a dramma,
schermo ti fia la bella neve intatta:
neve ch'ognor dala vivace fiamma
di duo soli è percossa e non disfatta.
Vattene pur, ma per la via secreta
non distender tant'oltre i passi audaci
che t'arrischi a toccar l'ultima meta;
raccogli sol, cultor felice, e taci,
in quel solco divin (se 'l vel nol vieta)
da seme di sospir messe di baci.

16 - Seno

Da duo candidi margini diviso
apre quel sen, ch'ogni altro seno aborre,
con angusto canal, che latte corre,
una via che conduce in paradiso.
Non osa alcun, che non rimanga ucciso,
in quel fonte vital le labra porre,
ché quinci e quindi alabastrina torre
guarda in duo vivi scogli Amore assiso,
e, volando talor spedito e lieve
su quell'alpi d'avorio, aventa e scocca
strali di foco involti entro la neve;

onde, mentr'ivi a un punto ed arde e fiocca,
con amara dolcezza insieme beve
assenzio il core e nettare la bocca.

17 - Occhi

Occhi, s'è ver ch'uom saggio
le chiare luci pote
signoreggiar dele celesti rote,
a me perché non lice
posseder voi, voi luminose e belle,
nate a un parto col sol, terrene stelle?
Astrologia felice,
se potessi, baciando un vostro raggio,
dirvi: "Più non vi temo infausti e rei:
occhi, voi siete miei".

18 - Occhi

Occhi dela mia vita,
se dentro 'l cor mi state,
voi pur le fiamme ond'ardo ognor mirate.
Itene dunque e raccontate a lei
i gravi incendi miei.
Deh no, meco restate,
occhi, però che 'l core
per voi sol vive e senza voi si more.

19 - Occhi

Luci belle e spietate,

gli sguardi che girate

o di sdegno o d'amor son sempre eguali:

omicidi e mortali;

perché s'altrui mirate

colme d'ira e d'orgoglio

uccidete d'affanno e di cordoglio,

e se pietose ancor vi rivolgete

di dolcezza uccidete.

20 - Occhi

Chi vuol veder, chi vuole

veder, amanti, al mezzodì più chiaro

le stelle in fronte al sole,

venga a mirar dell'idolo mio caro

gli occhi, onde 'l sole ha scorno:

che portan notte altrui, mentre fan giorno.

21 - Occhi

Luci serene e liete,

ond'ha la luce il sol, l'azzurro il cielo:

se del zaffiro è naturale il gelo,

come l'alme accendete?

O vie più di Neron perfide e felle,

luci crudeli e belle,

ch'amor non conoscete

e con fiamme amorose il mondo ardete!

22 - Sguardo

Altra mercè giamai
ch'esser da voi mirato io non bramai,
occhi avari e superbi, e voi 'l negaste.
Al fin pur mi miraste,
e se turbato il bel guardo sereno
ver me volgeste, almeno
pur negar non potete
che mirato m'avete.

23 - Occhi e mammelle

Miro i vostr'occhi belli,
donna, e rimiro le leggiadre mamme,
queste di latte e quelli
fabricati di fiamme.
Dico poi sospirando in doppia arsura:
"Non devea por Natura
per rischiarar da sì sereni poli
duo mondi di beltà men di duo soli".

24 - Bella schiava

Nera sì, ma se' bella, o di Natura
fra le belle d'Amor leggiadro mostro.
Fosca è l'alba appo te, perde e s'oscura
presso l'ebeno tuo l'avorio e l'ostro.

Or quando, or dove il mondo antico o il nostro

vide sì viva mai, sentì sì pura,

o luce uscir di tenebroso inchiostro,

o di spento carbon nascere arsura?

Servo di chi m'è serva, ecco ch'avolto

porto di bruno laccio il core intorno,

che per candida man non fia mai sciolto.

Là 've più ardi, o sol, sol per tuo scorno

un sole è nato, un sol che nel bel volto

porta la notte, ed ha negli occhi il giorno.

25 - Donna vestita di nero

Cinto di fosche e tenebrose bende,

di nero manto e di funesto velo

veggio rotar per l'amoroso cielo

quel sol che solo i miei desiri accende.

Lo mio cor che da lui virtù sol prende,

qual fiore oppresso da notturno gelo

cade languido e more, o quasi stelo

cui gelid'ombra o fero turbo offende.

Ed a ragion chi del suo sole ognora

per la luce vital convien che viva,

per l'eclisse mortal convien che mora.

Se sole è del mio cor chi 'l cor m'aviva,

e 'l mio cor vive sol nel sol ch'adora,

chi gli offusca il suo sol, di vita il priva.

26 - Amor secreto

Ardi contento e taci,

o di secreto amore

secretario mio core.

E voi sospiri, testimoni ascosi

de' miei furti amorosi,

che per uscire ador ador m'aprite

le labra, ah non uscite,

ch'ai saggi, oimè, del'amorosa scola

il sospiro è parola.

27 - Gelosia

Vecchio importun, che 'l rozzo labro irsuto

sporgi al labro di lei, ch'io prego invano,

onde con Citerea sembri Vulcano,

ed ella par Proserpina con Pluto,

e mentre curvo e pallido e barbuto

accosti al bianco sen la rozza mano,

passero insieme e cigno, ascondi insano

giovinetto pensiero in pel canuto,

fuggi, ah fuggi meschin, né tanto possa

quel desir, che t'innebria i sensi sciocchi

e che t'empie d'ardor le gelid'ossa.

Sai ch'alberga la morte in que' begli occhi,

e tu che 'l piè su l'orlo hai dela fossa,

in vece di fuggir, la stringi e tocchi.

28 - Lontananza

Ove ch'io vada, ove ch'io stia, talora

in ombrosa valletta o 'n piaggia aprica,

la sospirata mia dolce nemica

sempre m'è innanzi, onde convien ch'io mora.

Quel tenace pensier che m'innamora,

per rinfrescar la mia ferita antica,

l'appresenta a quest'occhi e par che dica:

io da te lunge, e tu pur vivi ancora?

Intanto verso ognor larghe e profonde

vene di pianto e vò di passo in passo

parlando ai fiori, al'erbe, agli antri, al'onde;

poscia in me torno, e dico: ahi folle, ahi lasso;

e chi m'ascolta qui? chi mi risponde?

Miser, che quello è un tronco, e questo è un sasso.

29 - La lontananza

È partito il mio bene,

ho perduto il mio core. Oimè, qual vita

in vita or mi sostene?

Lasso, com'è rimaso

fosco il sol, negro il cielo!

Il dì giunto al'occaso,

amor fatto è di gelo.

Duro partir, che m'hai l'alma partita,

chi ti disse partire

devea con più ragion dirti morire.

O Dio, quel dolce a Dio

che piangendo mi disse, a cui piangendo

a Dio risposi anch'io,

deh, come dala spoglia

l'anima non divise?

E come per gran doglia

la vita non uccise?

Alma e vita io non ho, poiché, perdendo

il mio dolce conforto,

a Dio dirgli ho potuto, e non son morto.

Morto non sono ed ardo

lontan dal foco mio, dal caro foco

di quel celeste sguardo.

E quanto è men dapresso

la fiamma ond'io languisco,

dal grave incendio oppresso

più moro e 'ncenerisco.

Il foco, ahi no, che per cangiar di loco

da me non si disgiunge;

sol la cagion del foco è da me lunge.

Tetto, già lieto e fido

tempio del'idol mio, ciel del mio sole,

or solitario nido,

spelunca abbandonata

di spavento e di morte,

chiudi, chiudi l'entrata

dele dolenti porte;

tenebrosa magion, misera mole,

cadi pur, cadi, ahi lasso,

ch'al mio core è saetta ogni tuo sasso.

Balcon gradito e caro,

che fosti già di più sereno die

oriente più chiaro,

or fatto atro soggiorno

di notte oscura e mesta,

serra, deh serra al giorno

la finestra funesta;

ché, qualor s'apre a queste luci mie,

con spada di dolore

me n'apre un'altra in mezzo al petto Amore.

Cameretta fedele,

già pacifico porto e dolce meta

dele mie stanche vele,

or che battuto ondeggio

per l'onde e per gli scogli,

poiché morir pur deggio

fra pianti e fra cordogli,

chi mi cela il mio polo? e chi mi vieta

che morte e tomba almeno

non mi dian que' begli occhi e quel bel seno?

Letto, del mio diletto

felice un tempo albergo, or del mio duolo

sconsolato ricetto,

se sei pur, come sembri,

di me pietoso tanto,

poich'accogli i miei membri

ed asciughi il mio pianto,

pietà più non chegg'io; cheggioti solo,

in questa notte oscura,

che ti cangi di letto in sepoltura.

Specchio, che ti specchiavi

nel sol del chiaro volto e nele stelle

de' begli occhi soavi,

or di quel lume ardente

vedovato ed oscuro,

ben sei cristallo algente,

anzi diamante duro,

se per più non stampar luci men belle

di quelle onde sei privo,

non distempri il tuo ghiaccio in pianto vivo.

Candido eburneo rastro,

non ch'agguagli però dela man bianca

l'animato alabastro,

tu che solevi, arando

i solchi dei bel crine,

l'oro gir coltivando

dele fila divine,

ahi come sono, or ch'ogni ben ti manca,

i tuoi minuti denti

sol per mordermi il cor fatti pungenti!

Acque felici e chiare,

cui d'esser tributario ebbe più volte

ambizione il mare;

in cui vivono ancora

le faville amorose

di quel sol che talora

ne' vostri umor s'ascose;

deh, perché non struggete, inun raccolte,

accresciute dal'onde

dele lagrime mie, l'infauste sponde?

Aria pura e gentile,

fatta serena già da sì bei rai,
non avrai dunque a vile
ch'altro petto, altro fiato
di te viva e respiri?
Terren sacro e beato,
non sdegni e non t'adiri
ch'altro men vago piè ti calchi mai,
quando ancora si serba
dele bell'orme in te fiorita l'erba?
Musici arnesi, e voi
che talor l'angel mio trattar solea,
dolci trastulli suoi,
che sua mercé rendeste
angelica armonia,
senza la man celeste
di voi, lassi, che fia?
Poscia che così vuol fortuna rea,
omai le vostre tempre
ché non sciogliete? o non piangete sempre?
Ma tu perché non torni,
o sol degli occhi miei?
Deb, che fai? chi t'accoglie? e dove sei?

30 - Sogno

È sogno o ver? Se sogno, ahi, chi depinge
viva la bella imagine ala mente?
Come fiamma sì lucida e sì ardente
gelid'ombra notturna esprime e finge?
S'è ver, qual lieta stella or la sospinge

cortese a consolar questo dolente?

Da qual nova pietà mossa repente

la sua man mi distende e la mia stringe?

Questo è pur il mio sol, l'idolo mio;

è pur la bianca man questa ch'io veggio.

Io la tocco, io la bacio. Io son pur io.

Ciò che sei, vero o sogno, altro non cheggio.

Se sei vero, è già pago il gran desio

e se sei sogno, io volentier vaneggio.

31 - Sogno

In sogno ancora (Amor, che puoi più farmi?)

gioco mi fai del tuo spietato impero.

Ecco colei, che già mi sparve, apparmi

in dolce atto vezzoso e lusinghiero.

Com'esser può che possa il sonno darmi

quel che 'n vigilia poi mi nega il vero?

Che mi conceda or tu quelche mostrarmi

non ardì mai l'adulator pensiero?

Ma se ben erro ed insensibil giaccio,

quanti oggetti più cari il senso formi

non vaglion l'ombra del'error ch'abbraccio.

Ahi, ben vegg'io che mentre in grembo a tormi

viene il riposo ed io gli dormo in braccio,

vegghia il mio incendio, e tu crudel non dormi.

32 - Sogno

Vien la mia donna in su la notte ombrosa
qual suole apunto il mio pensier formarla
e qual col rozzo stil tento ritrarla,
ma qual mai non la vidi a me pietosa.
"Pon freno al pianto, e pace spera, e posa,
o mio fedel, che tempo è da sperarla"
sorridendo mi dice, e mentre parla
m'offre del labro l'animata rosa.
Allor la bacio: ella ribacia e sugge;
lasso, ma 'l bacio in nulla ecco si scioglie,
e con la gioia insieme il sonno fugge.
Or qual, perfido Amor, fra tante doglie
deggio attender mercé da chi mi strugge,
se i mentiti diletti anco mi toglie?

33 - Giuoco di dadi

Stiamo a veder di quante palme adorna
sen vada, Amor, la man leggiadra e bianca,
mentre del mobil dado ardita e franca
travolge i punti e fa guizzar le corna.
L'aggira, il mesce, il tragge, indi il distorna,
né d'agitarlo e scoterlo si stanca;
e dala destra intanto e dala manca
stuolo aversario e spettator soggiorna.
Posto è in disparte, al vincitor mercede,
cumulo d'oro; e variar più volte
sorte il minuto avorio ognor si vede.

Felici in sì bell'urna ossa raccolte,

perché pur ale mie non si concede

in sì terso alabastro esser sepolte?

34 - Giuoco di primiera

Con venti e venti effigiate carte

(armi del'Ozio) il sol de' miei pensieri

esercitando gìa fra tre guerrieri

in domestico agon scherzi di Marte.

L'accogliean, le spendean confuse e sparte,

fatti di cieca dea campioni alteri,

e con assalti or simulati or veri,

or schernian l'arte, or si schermian con l'arte.

Quando ver me volgendo il guardo pio

(e gliele diè di propria mano Amore)

quattro ne prese il bell'idolo mio.

V'era col quadro e con la picca il fiore,

il cor non v'era già; ma gli died'io

(per farlo apien vittorioso) il core.

35 - Giuoco di pallone. Per una donna

Globbo gravido d'aure al ciel sospinto

ferir con cavo legno, il volto e 'l crine

sparso di vive fiamme e vive brine,

veggio scherzando il mio novel Giacinto,

e, crudel fra gli scherzi, al gioco accinto,

ma più molto ale stragi, ale rapine,

strugger mill'alme, e di chi vince alfine

trionfar vincitore, e vincer vinto.
E mentre, quasi un ciel ch'avampi e scocchi,
battendo il lieve suo volubil pondo
tuona col braccio e folgora con gli occhi,
par, degli strazi suoi lieto e giocondo,
o la man vaga, o 'l piè leggiadro il tocchi,
gioir percosso e ripercosso il mondo.

36 - Giuoco di racchetta. Per la medesima

Quasi in campo di Marte, in chiuso loco
contro mi vien di rete e d'arco armato,
non ignudo, non cieco e non alato
il mio novello Amore, il mio bel foco.
Già mi saetta, e contrastar val poco,
emulo del bel viso, il braccio amato.
Già m'imprigiona, e misero e beato
perdo in un punto stesso il core e 'l gioco.
Fuggitivo il mio cor, quasi farfalla
intorno alo splendor del caro oggetto
vola al volar dela volubil palla.
E quanti colpi intanto il mio diletto
m'aventa con la man, che mai non falla,
tanti fa nodi al'alma e piaghe al petto.

37 - Canto

O voi, che lieti ove vi spinge e mena
in mal secura nave aura seconda,
l'infido mar, che tanti legni affonda,

ite solcando d'una in altra arena,

di questa bella e micidial sirena

fuggite il canto inver la destra sponda:

canto, cui par non ha la terra o l'onda

dala riva d'Eurota ala tirrena.

Pur, se 'l ciel mai vi guida al dolce loco,

con greco ingegno, ove lusinga amore,

chiudete il varco al'armonia di foco.

Ma di fral cera a sì possente ardore

l'orecchio armar che val, s'anco val poco

armar di smalto adamantino il core?

38 - Bella cantatrice

O bella incantatrice,

quel tuo sì dolce canto

dolce canto non è, ma dolce incanto,

nova magia d'Amor, novella sorte

di far dolce la morte.

Allor la vita more

quando l'aura vital si manda fore,

ma in alma innamorata

con quell'aura mortal Morte ha l'entrata.

39 - Bella cantatrice

Abbi, musica bella,

anzi musa novella, abbiti il vanto

dele due chiare cetre,

che le piante movean, movean le pietre.

Che val però col canto

vivificar le cose inanimate,

se nel tuo vivo cor morta è pietate?

O chiari, o degni onori,

porger l'anima ai tronchi e torla ai cori!

O belle, o ricche palme,

dando la vita ai sassi, uccider l'alme!

40 - Pianto

Versar vid'io da' suoi begli occhi fore

la mia nemica lagrime dolenti,

dentro i cui puri e lucidi torrenti

tutto s'immerse e si sommerse il core.

Nela sua cote a quel soave umore

le quadrella arrotava aspre e pungenti,

e, qual vago augelletto a' giorni ardenti,

scotea le piume e si lavava Amore.

Forse pietosa feritrice e vaga

volse del petto, che trafisse a torto,

con l'armi, onde l'aprì, chiuder la piaga.

Dispietata pietà, tardo conforto:

nova serpe d'Egitto il cor m'impiaga,

e piagne il mio morir poiché m'ha morto.

41 - Pianto

O quali, o quali io sento

angelici spirar celesti odori,

mentre veggio tra' fiori

di due piagge animate

tenera distillar pioggia d'argento.

O lagrime odorate,

lagrime voi non già, ma preziose

acque d'angeli siete, acque di rose.

42 - Madonna chiede versi di baci

Le carte, in ch'io primier scrissi e mostrai

l'arte del ben baciar, Lilla mi chiedi.

Ma di tanti, che loro io già ne diedi,

tu crudel pur un solo a me non dai.

Deh, perché quei che'n lor baci stampai,

stampar nel volto tuo non mi concedi?

E quel piacer, che tu con gli occhi vedi,

con la bocca sentire a me non fai?

Saprai qual sia maggior de' duo diletti,

s'io di questi o di quei sia miglior fabro,

e quai più dolci sien, gustati o letti.

Io volentier con porpora e cinabro

cangio un vil don, se tu cangiar prometti

baci per versi e con un libro un labro.

43 - Piacere imperfetto

Alza costei dal fondo de' tormenti

dov'erger l'ali apena osan le voglie,

promettendo conforto a tante doglie,

le mie speranze debili e cadenti.

Ma come sol, che con suoi raggi ardenti

nube in alto solleva e poi la scioglie,

repulsa allor mi dà quando m'accoglie

e i più lieti pensier fa più dolenti.

Lasso, e perché con placid'aura e lieve

le mie vele omai stanche al porto alletta,

se poi tra' flutti abbandonar mi deve?

Così suol giocator, che palla aspetta

per ribbatterla indietro, e la riceve

sol per spingerla poi con maggior fretta.

44 - Nel medesimo suggetto

Il più mi dona e mi contende il meno

questa crudel, che del giardin d'Amore

mi nega il frutto e mi concede il fiore,

posto ai desir su 'l maggior corso il freno.

Desta la voglia e non l'appaga apieno,

tempra la fiamma e non spegne l'ardore,

m'alletta il senso e non mi sazia il core,

m'accoglie in braccio e non mi vuole in seno.

O spietata pietà, fiera bellezza,

per cui more il piacere, in fasce ucciso

apena nato, in grembo ala dolcezza!

Così congiunto a lei, da lei diviso,

povero possessor d'alta ricchezza,

Tantalo fatto sono in paradiso.

45 - Trastulli estivi

Era nela stagion quando ha tra noi

più lunga vita il giorno

e l'ombra ai tronchi intorno

stende minori assai gli spazi suoi;

allor che 'l sol congiunto

con la stella che rugge

dal più sublime punto

saetta i campi, e i fiori uccide e strugge;

ed era l'ora apunto

quando con linea egual la rota ardente

tien fra l'orto il suo centro e l'occidente.

Io tutto acceso d'amoroso affetto

col cor tremante in seno

stavami in parte e pieno

di desir, di speranza e di diletto,

gìa misurando l'ore

del mio promesso bene.

Fortunate dimore,

onde poscia il piacer doppio diviene!

Son le tue gioie, Amore,

tanto bramate più, quanto più rare,

tanto aspettate più, tanto più care.

Quinci con mente cupida e confusa

e gelava ed ardea;

dela finestra avea

l'una parte appannata e l'altra chiusa.

Qual suol lume che scende

torbido in folto bosco,

o qual sul'alba splende

misto ala notte il dì tra chiaro e fosco,

con tal luce s'attende,

perché 'l rossor si celi e la paura,

vergognosa fanciulla e mal secura.

Ed ecco allor soletta a me vid'io

venir Lilla la bella,

Lilla la verginella,

la mia fiamma, il mio sol, l'idolo mio.

Succinta gonna e breve,

quasi al più chiaro cielo

nebbia sottile e lieve,

ombra le fea d'un candidetto velo;

onde di viva neve

le membra, ch'onestà nasconde e chiude,

eran pur ricoverte e parean nude.

Tra le braccia la strinsi, in sen l'accolsi;

del'odorato lino

l'abito pellegrino

con frettolosa man le scinsi e sciolsi.

E benché frale spoglia

fusse fren maltenace

a sì rapida voglia,

non fu però ch'io la sciogliessi in pace.

Sdegno, alterezza e doglia

ne' begli occhi mostrò; pugnò, contese:

dolci risse, onte care e care offese.

Vidi per prova allor, sì come e quanto

mal volentier contrasta

o ritrosetta o casta

vergine, e qual sia l'ira e quale il pianto.

Falso pianto, ira finta:

ancorché pugni e neghi,

vuol pugnando esser vinta;

son le scaltre repulse inviti e preghi.

Di scorno il viso tinta,

dar non vuol mai né tor la giovinetta

ciò che brama in suo cor, se non costretta.

Corsi ale labra e, quant'ardente ardito,

con grata allor, non grave

violenza soave

più d'un spirto gentil n'ebbi rapito.

E la bocca divina,

pur contendente i baci,

crucciosa ala rapina,

gli prendea tronchi e gli rendea mordaci.

Ma chiunque destina

ai baci amor, né varca oltra quel segno,

quegli è de' baci stessi ancora indegno.

Qual mi fess'io, ciò ch'io scorgessi in lei,

poiché le falde intatte

del'animato latte

si svelaro, o beati, agli occhi miei,

ridir né so né voglio.

Mille oltraggi diversi

da quel tenero orgoglio,

mille ingiurie innocenti allor soffersi.

Ma, qual fra l'onde scoglio,

alcuna parte dei mio seno ignudo

dala candida man mi facea scudo.

Lentato il morso al'avido desire

(o dolcezze, o bellezze,

o bellezze, o dolcezze)

m'apersi il varco al'ultimo gioire.

Quivi a sfiorar m'accinsi

l'orto d'amor pian piano

e nel suo chiuso spinsi

l'ardita mia violatrice mano.

Dolce meco la strinsi,

appellandola pur luce gradita,

gioia, speranza, core, anima e vita.

"Che fai crudel?, dicea, crudel che fai?

Dunque me, che t'adoro,

del mio maggior tesoro,

del maggior pregio impoverir vorrai?

Tu signor del volere,

tu possessor del'alma,

a che cerchi d'avere

dela parte più vil men degna palma?

Ahi, per sozzo piacere

non curi, ingordo di furtive prede,

di macchiar la mia fama e la tua fede?"

Tre volte a questo dir giunto assai presso

ale dolcezze estreme,

qual'uom che brama e teme,

fui de' conforti miei scarso a me stesso,

e, del suo duol pietoso,

il mio piacer sostenni.

Pur del corso amoroso

ala meta soave al fin pervenni,

ed al'impetuoso

desir cedendo il fren libero in tutto,

colsi il suo fiore e de' miei pianti il frutto.

Ala piaga d'Amor cadde trafitta

e, vinta al dolce assalto,

di bel purpureo smalto

rigò le piume, inun lieta ed afflitta.

Io vincitor guerriero

dela nemica essangue

quasi in trionfo altero

portai nel'armi e nele spoglie il sangue .

Così l'alato arciero

l'arsura in me temprò cocente e viva

dela fiamma amorosa e del'estiva.

Canzon, lasciar intatta

da sé partire amata donna e bella

non cortesia, ma villania s'appella.

46 - Per la signora N. Vipereschi

Vipera mia, che di fin or lucenti

tergi le spoglie al sol del vero onore,

a cui di spine cinto aspre e pungenti

fatto è siepe il mio petto e nido il core:

spirano i cari tuoi fiati innocenti

di grave fiamma invece, arabo odore.

Sono i tuoi fischi angelici concenti,

e 'l tuo veleno è nettare d'amore.

O per grazia del ciel, sì com'io lessi

ch'a Cadmo ed Ermion fu dato in sorte,

anch'io cangiarmi in aspido potessi,
ché s'ambo un nodo poi tenace e forte
n'unisse, ed io baciassi, e tu mordessi,
chi da più dolci morsi ebbe la morte?

47 - Pendenti in forma di serpi

Quegli aspidi lucenti
che d'oro e smalto in picciol orbe attorti
dal'orecchie pendenti,
vaga Lilla, tu porti,
dimmi, che voglion dir? Sì sì, t'intendo:
son dele pene altrui crude ed indegne
misteriose insegne,
ché, qual aspe mordendo,
cruda ferisci altrui, sorda non senti
preghi, pianti o lamenti.

48 - Treccia riccamata di perle

Questo bel crine aurato,
prezzo del mio dolore,
ritegno del mio core,
dele lagrime mie tutto fregiato,
fu già tuo laccio, or è mio dono, Amore.
Ecco ch'io 'l bacio e godo,
e del mio ricco nodo
movo invidia agli amanti, e dico altrui:
"Vedete l'oro onde comprato io fui".

49 - Di Ravenna. Al sig. cavalier Andrea Barbazza

Barbazza, io mi son qui dove ristagna

l'onda nel pian che paludoso e molle

infra 'l Ronco e 'l Monton le sacre zolle

più di sangue che d'acqua impingua e bagna.

Ma del mio cor, che senza te si lagna,

non affrena già 'l volo o selva o colle,

né da te, di cui solo avampa e bolle,

tanto tratto di ciel mai lo scompagna.

Qui però duro intoppo il piè ritiene,

né mai luce di sol che non sia negra

porta l'ore per me poco serene.

Così passo la vita afflitta ed egra

e così sempre fia se'n te non viene

la metà di quest'alma a farsi integra.

50 - Al sig. Rafaello Rabbia

Rabbia, io men vò lungo il castalio rivo

qual già l'ebrea famelica e mendica,

dietro ai cultor dell'eloquenza antica

per lo campo latino e per l'argivo.

E mentre d'Israel la strage scrivo,

altro frutto non ho di mia fatica

che qualche bella e preziosa spica

lor caduta di sen, raccor furtivo.

Ma la messe miglior recide e rade

la falce sì de' duo toscani illustri,

ch'omai poco per me n'avanza o cade.

Pur men'andrò fra metidori industri
dopo costor, se non ariste e biade,
solo cogliendo almen rose e ligustri.